LE RÈGNE SOCIAL

DE

JÉSUS-CHRIST

DISCOURS

PRONONCÉ

AU CONGRÈS EUCHARISTIQUE DE LILLE

PAR

M. DE BELCASTEL

ooo°°°ooo

PARIS

IMPRIMERIE-LIBRAIRIE DE L'ŒUVRE DE ST-PAUL

(Apostolat par la Presse.)

51, rue de Lille, 51

1881

L'EUCHARISTIE
CHEF-D'ŒUVRE DE L'AMOUR DIVIN
suivi des
VISITES AU SAINT-SACREMENT
DE SAINT ALPHONSE DE LIGUORI
par M. H. LEBON,
auteur de *La Communion, c'est ma vie.*

In-18 de 348 pages, prix *franco* 2 fr.

APPROBATION DE MGR L'ÉVÊQUE DE VERDUN

« Écrit avec science et amour, ce petit livre éclairera les âmes sur l'auguste mystère de l'Eucharistie et remplira les cœurs d'une sainte dévotion pour l'adorable Sacrement de nos autels. Aussi nous recommandons aux fidèles de lire et de méditer attentivement ces pages pleines d'onction et de piété. »

† AUGUSTIN, *évêque de Verdun.*

LES MERVEILLES
de
JÉSUS AU SACREMENT D'AMOUR
Par M. l'abbé Gérardin
missionnaire apostolique

AUTEUR DES FONDEMENTS DU CULTE DE MARIE, ET DE LA FEMME CHRÉTIENNE, ETC.

2 jolis volumes in-12, prix des 2 vol., franco 5 fr.

Ouvrage approuvé par S. Ém. le card.-arch. de Bordeaux et par S. G. Mgr l'Évêque de Verdun.

L'Eucharistie, symboles et poèmes: Extraits des œuvres de Mgr de la Bouillerie, par un de ses disciples. Brochure in-12 d'environ 200 pages. Edition de luxe sur papier fort. Prix *franco* : 2 fr. 50.

J'ai eu le bonheur d'entendre au Congrès Eucharistique de Lille, le discours de M. de Belcastel.

Le règne social
DE JÉSUS-CHRIST,

tel est le sujet qu'il traita.

Quiconque a senti passer sur son âme le souffle puissant de la grande âme du sénateur de Toulouse, rayonnante de foi et d'amour au contact du Verbe éternel, comptera cette grâce parmi les plus grandes que Dieu lui ait faites.

C'est l'une des meilleures heures de ma vie.

L'apôtre fit oublier l'orateur.

L'inspiration qui anime ce noble

vieillard, ce grand chrétien, sortant des profondeurs de ses rapports avec le *Verbe divin,* révélée dans un langage que Bossuet ne désavouerait pas, passa comme un frisson surnaturel sur l'auditoire, provoqua des larmes, réveilla des ardeurs, suscita des apôtres, et prépara peut-être des martyrs à la plus belle des causes : à la lutte opiniâtre et ardente, à la lutte jusqu'au martyre, jusqu'à l'anéantissement de soi, dernier mot de l'adoration, pour la restauration du règne de Notre-Seigneur Jésus-Christ dans les individus, dans les familles et dans le monde.

Aussi bien, l'*Œuvre de Saint-Paul* qui consacre ses membres à l'apostolat par la Presse, fait appel à votre amour de Notre-Seigneur Jésus-Christ, pour lui aider à répandre dans le monde entier cette parole du grand chrétien et du grand citoyen français. M. l'abbé Joseph

Lémann saluait en M. de Belcastel, aux applaudissements enthousiastes du Congrès et de la catholique cité de Lille, une vision de la gloire des deux Testaments : la force de Gédéon et l'éclair surnaturel de saint Jean.

Il faut que ce discours pénètre partout, que toutes les familles l'entendent, que la jeunesse l'apprenne par cœur, qu'il soit récité aux vieillards, médité par les apôtres du Christ, porté par les missionnaires sur les plages les plus lointaines, traduit en toutes langues, raconté partout où il y a un chrétien qui adore le Christ et un homme qui prie Dieu ; il faut que le monde entier le connaisse. L'âme de la vieille France, aimée par le Christ-Roi, se révèle dans ce discours comme dans une vision. — Vive le Christ qui aime les Francs !

« Malheur à moi, disait saint Paul, si je n'évangélise pas. » Ah! trois fois

malheur à moi, si je ne fais pas revivre
cette parole qui a produit un enthousiasme si sincère au Congrès Eucharistique de Lille! Il serait à plaindre
le chrétien qui, ayant entendu ou lu
ce discours, ne voudrait pas le faire
connaître, le répandre, et, autant qu'il
est en lui, le faire retentir jusqu'aux
extrémités de la terre, le propager, le
semer sur tous les chemins des deux
mondes, et ce, par tous les moyens
que lui inspirera son amour de Jésus-
Christ Roi, en qui seul se trouve *Salut,*
Vie et *Résurrection* des individus, des
familles et des nations. « *Non est aliud*
fundamentum, non est aliud nomen.
— *Il n'y a pas d'autre pierre angu-*
laire: il n'est pas d'autre nom par
qui nous puissions être sauvés. »

(SS. Pierre et Paul.)

O Esprit de vérité et d'amour qui
avez miséricordieusement inspiré ces

pages si admirables, nous vous en conjurons, inspirez aussi à des âmes généreuses de venir en aide à la presse pour la diffusion universelle de cette parole sublime, pour faire arriver cette voix apostolique à tous les enfants de Dieu, afin qu'elle secoue la torpeur des endormis, qu'elle crée des apôtres, qu'elle prépare des martyrs au CHRIST JÉSUS, ROI IMMORTEL DES SIÈCLES.

C'est avec notre sang que nous voudrions reproduire ces accents sortis d'une grande âme qui adore et qui aime le Christ-Roi, avec la foi lumineuse, l'espérance infrangible et la charité enthousiaste de saint Paul, rappelant ainsi celui qui fut pour le Christ Jésus crucifié, aimant et ressuscité, fou d'amour, d'admiration et de sacrifices. *Nos stulti propter Christum.*

Le cœur de saint Paul, c'est le cœur de Jésus-Christ. Avant saint Paul, le Verbe lui-même ne nous révéla-t-il pas cette folie de l'amour, par les mystères de l'Incarnation et de la Rédemption perpétués dans l'Hostie? Jésus-Christ avant Paul, avant tous les amants du divin Crucifié, avait pratiqué cette folie en nous aimant jusqu'à la mort et à la mort de la croix.

« *C'est pour cela que Dieu le Père l'a exalté au-dessus de toutes choses et lui a donné un nom au-dessus de tout autre nom, afin qu'au nom du Christ Jésus tout genou fléchisse, au ciel, sur la terre et dans les enfers.*

(Saint Paul aux Philip., ii, 9-10.)

« *C'est là, en effet, quelque chose de grand que ce mystère d'amour qui s'est fait voir dans la chair, qui a été justifié par l'esprit, manifesté aux anges, prêché aux nations, cru dans le monde, élevé dans la gloire.* »

(Saint Paul à Timothée, Ire ép., iii, 16.)

Toutes les voix de la publicité, toutes les activités apostoliques, toutes les âmes généreuses, tout ce qui aime encore le Christ, l'adore, le défend, voudrait mourir pour Lui, tout ce qui est encore à Lui entendra, nous l'espérons, cette voix d'un nouveau Jean-Baptiste.

Nous avons fait notre devoir, à vous de faire le vôtre... Répandez par toute la terre le discours de M. de Belcastel.

LE RÈGNE SOCIAL

DE

JÉSUS-CHRIST

DISCOURS

PRONONCÉ

AU CONGRÈS EUCHARISTIQUE DE LILLE

PAR

M. DE BELCASTEL

MESSIEURS,

C'était dans le prétoire de Pilate, dix-huit siècles avant le nôtre. Devant le monde qu'il allait sauver, le Christ comparaissait. L'enfer avait juré sa perte, et la complicité des passions de la terre était le gage du serment. De quel crime, pourtant, charger le front sans tache, les mains qui n'avaient touché les hommes que pour les guérir ?

Ecoutez l'interrogatoire du gouverneur romain, c'est le dix-neuvième siècle qui parle :

On vous accuse d'avoir pris le titre de roi des Juifs. Est-ce vrai ?

O Christ, sagesse infinie à qui rien n'échappe de la portée du moindre accent de votre voix, à cette question captieuse, en ce moment décisif où, par l'oreille d'un peuple, tous les peuples et tous les âges vous écoutent, qu'allez-vous répondre ? Vous pouvez peut-être, par un mot évasif, épargner à l'humanité l'incompréhensible scandale du déicide. Mais non ! Avant tout, vous êtes vérité. Vous êtes venu l'apporter aux hommes. Si singulier que soit le manteau royal sur vos épaules flagellées, vous répondez simplement : « Tu l'as dit : je suis le roi des Juifs. »

Et, au jour suivant, sur le mont du grand sacrifice, une croix se dressait pour l'audacieux Fils de l'homme dont la bouche avait osé dire : « Une fois élevé de terre, j'attirerai tout à moi » ; on pouvait lire au haut de cette croix, en trois langues, pour mieux le faire entendre à l'univers, l'é-

trange inscription gravée plus étrange-
ment encore par la main inconsciente du
bourreau, sans que la haine des persécuteurs ait pu parvenir à l'effacer : Jésus de
Nazareth, roi des Juifs.

Tel fut le titre arboré par le Fils de Dieu
fait homme, à l'heure de la vie du monde
la plus solennelle, où il mourait pour le
racheter.

Jésus, roi des Juifs, c'est-à-dire de toute
nation, car l'Homme-Dieu ne prend pas
pour titre une moquerie, mais une vérité
au sens profond.

Le peuple juif, il faut le bien entendre,
n'est pas seulement l'Église visible du
deuxième âge du monde ; il est la pro-
phétie vivante de l'humanité chrétienne,
sans distinction de race et sans frontière ;
et sa théocratie matérielle, sculptée sur les
tables de la vieille loi, n'est que la figure
de la théocratie en esprit et en vérité que
devait réaliser le règne moral du Christ
sur les sociétés évangélisées de l'avenir.

Jésus-Christ, dont la parole résonne
dans l'éternité, semble parfois en faire
entendre l'accomplissement à l'homme qui
en écoute le son dans le temps. Mais le
temps passe, flot par flot, et le flot marqué

d'avance pour exécuter l'ordre du Verbe éternel, arrive toujours.

Aussi, trois cents ans après que la croix versait son ombre et le sang rédempteur sur la montagne de Judée, elle apparaissait en traînée de lumière et signe de victoire, au front de l'armée du premier roi chrétien. Le Ciel se penchait vers la terre pour saluer par le labarum le premier avènement du royaume de Dieu.

Aussi, durant douze siècles, les peuples baptisés adorèrent le Christ comme le Seigneur du monde, le Roi des rois de la terre et des principautés des cieux. Son domaine universel sur toute créature s'imprima si profondément dans les âmes, qu'à l'épanouissement de cette ère croyante, un homme de génie couronné par la sainteté, Christophe Colomb, tendit sa voile héroïque et lança son frêle navire dans l'immensité des mers pour conquérir un nouveau monde à Jésus-Christ. Quand il rencontrait la tempête, c'est avec le signe de la croix du Christ qu'il la traversait triomphalement. Quand les peuples chrétiens y suivirent sa trace, c'est le vicaire du Christ qui formait de sa main sur le globe le partage des terres découvertes ; découvertes un jour par l'œil de l'homme, mais vues à l'origine des temps sous le souffle du Verbe créateur. Quand les navigateurs abordaient ces plages inconnues, leur premier acte était de s'y agenouiller pour en prendre possession au nom du Christ ; le second, d'y planter la croix comme signe inviolable de son domaine.

Je l'ai vu, Messieurs. J'ai vu sur les roches de l'Atlantique, avec une émotion indicible, ces croix séculaires dressées par les chevaliers et les marins de la vieille Flandre catholique, vos illustres ancêtres, dont le cœur débordait tellement de foi qu'à chaque sillon de leur navire ils laissaient des noms sacrés qui nous parlent toujours. Sainte-Croix, la Vraie-Croix, Saint-Sauveur et mille autres. J'ai vu les fils de ces nobles races, prosternés au pied des croix plantées par leurs ancêtres, avec une fidélité aussi ferme qu'aux époques les plus croyantes des plus grands âges de la foi ; et je n'ai jamais mieux compris qu'en face de ces témoins incorruptibles, sous un ciel sans ombre comme la vérité, le règne sans limites de Notre-Seigneur Jésus-Christ.

Je l'ai vu. Que dis-je ? encore je le vois.

Je trouve ici même fidélité. Le vent qui souffle sur vos âmes est le même vent qui poussait la voile de Christophe Colomb. L'esprit de Dieu est immortel comme la vérité. Aujourd'hui, comme alors, le Christ est roi des peuples et des rois, le souverain Seigneur des sociétés humaines comme de l'univers.

I

Jésus-Christ est roi de l'humanité. Avant que les nations chrétiennes l'aient salué de ce titre, avant que ce titre fût gravé, à l'heure marquée parmi les jours, par-dessus sa tête couronnée d'épines, Dieu l'a sacré Pontife et Roi de toute éternité. « Tu es mon fils, lui dit-il, mon héritier unique. C'est par toi que j'ai créé toutes choses et que j'ai fait les siècles. Tu es Dieu, ton trône est éternel. Ton sceptre est le sceptre de la justice. Prends place à ma droite, et que tes ennemis soient des escabeaux pour tes pieds (1). »

Ainsi le raconte saint Paul, qui avait vu les secrets du Ciel. Et Bossuet, entraîné par l'Apôtre, s'écrie : « Le Christ est roi.

(1) Épître de saint Paul aux Hébreux.

Je le vois en esprit dans un trône. Tout
relève de ce trône, tout ce qui relève de
Dieu, lui est soumis. »

Comment pourrait-il en être d'autre
sorte ? Le Christ est Dieu. Il est la cause
première et le support permanent de la
création tout entière. Aucune créature ne
peut, par elle-même, ni agir, ni vivre.
Comme le jour disparaît avec la fuite du
soleil, toute substance à l'instant tomberait
dans le néant si le Christ ne la soutenait
par sa nature divine. Depuis les myriades
d'étoiles qui flottent dans l'immensité
jusqu'aux tribus glorieuses des esprits
célestes, depuis les lois fatales de la nature
physique jusqu'au jeu mouvant des volon-
tés libres, de l'âme solitaire du pâtre dans
les champs aux rouages les plus compli-
qués des civilisations les plus savantes, il
porte tout, il anime tout, il meut tout, il
vivifie tout, il produit à la fois — quel que
soit le défaut qu'y mêle l'agent intelligent
et libre — et la puissance, et l'acte, et
l'être, et le devenir.

Ah ! il est bien le Roi souverain de toutes
choses, Celui qui en est éternellement
l'éternel Créateur ; et comme, — sous peine
d'accuser l'Être parfait et infini d'avoir

manqué, dans son œuvre, à la première
qualité d'une œuvre : l'*unité*, — il n'y a pas
deux mondes, mais un monde unique dans
lequel toutes choses sont distinctes et
reliées entre elles par une inviolable
hiérarchie, avec une fin commune, la
manifestation de la gloire de Dieu lui-
même, il suit de là que le Christ n'est pas
seulement le roi de toute créature, mais
encore de ses rapports avec les autres,
comme de la sphère où elle se meut. Et
par suite encore il est évident qu'il est roi
non seulement de l'homme individu, mais
de l'ordre social dont il fait partie, aussi
bien que des lois qui les régissent tous les
deux, en réglant leurs rapports mutuels.
C'est là un axiome du sens commun en
même temps qu'une vérité chrétienne. La
séparation de l'Etat et de Dieu ou du Christ
qui est sa parole, est une pure absurdité
philosophique ; aussi, en passant du rêve
dans les faits, elle n'est que la guerre à
Dieu par l'athéisme déguisé.

Et puis, qu'est-ce qu'un roi, Messieurs ?
Nous appelons ainsi dans les choses
humaines celui qui a la direction suprême
du gouvernement, et d'autant plus sublime
est le gouvernement que la fin pour

laquelle il est constitué est elle-même plus haute (1).

Or, la fin de l'homme n'est rien moins que la jouissance de la divinité. Arrière tout élan qui rabaisse à l'embrassement des choses qui passent l'aspiration de notre âme immortelle ! Arrière toute passion qui veut éteindre dans la fange du globe nos insatiables désirs d'un bien sans terme et sans mesure ! J'entends retentir, comme des noms d'idoles, les mots magiques de science et de progrès. Qu'est-ce donc que cette science, tout à la fois si pauvre et privilège des riches, dont l'immense majorité des hommes s'en va déshéritée, sinon un alphabet d'enfant, épelé syllabe par syllabe, de siècle en siècle, parcelle infinitésimale à découvrir des lois qui, selon l'ordre du maître, règlent le mouvement de l'univers ? C'est le maître lui-même que je veux connaître et embrasser. Qu'est-ce qu'un progrès qui sacrifie tout à un fantôme insaisissable, et ne laisse d'autre espoir à ma cendre que de faire germer pour les générations de l'avenir un pain d'attente et de souffrance pareil à celui dont moi-

(1) Saint Thomas.

même je me nourris ? Et si l'on m'offre le matérialisme pour refuge, toutes les puissances de mon être se lèvent pour l'écraser.

Je vois bien que l'on meurt, mais j'ai droit à la vie. Je sais bien que le monde est une figure éphémère, mais je sais aussi qu'il y a, quelque part, un monde immortel. De même que les croyants ont l'enthousiasme, les sceptiques ont la torture de cette indestructible vérité. Écoutez le poëte des cœurs malades, qui ont le mal du Christ perdu :

Quand Horace, Lucrèce et le vieil Epicure,
Assis à mes côtés, m'appelleraient heureux,
Et quand ces grands amants de l'antique nature
Me chanteraient la joie et le mépris des dieux,
Je leur dirais à tous : Quoi que vous puissiez faire,
Je souffre ! il est trop tard, le monde s'est fait vieux.
Une immense espérance a traversé la terre,
Malgré nous, vers le ciel il faut lever les yeux.

Eh bien ! Messieurs, je vous le demande, où est le pouvoir civil, république, empereur ou roi, de ce monde qui puisse conduire à ce firmament, dont tout homme, une fois en sa vie, a senti la nostalgie sublime ? Est-ce l'Etat qui en ouvre les portes ? Est-ce l'école de M. Ferry ? J'ai

honté, Messieurs, de poser, même par
ironie, de semblables questions ! Le règne
des rois les plus glorieux s'arrête aux
choses et aux heures de la vie qui passe.

Oui ! s'élancer de la vie naturelle ou
du commerce avec les créatures, jusqu'à
l'amour direct du Créateur, est aussi
impossible à l'homme, être pensant, qu'à
la vie animale d'atteindre la raison, qu'à
la matière pure d'aspirer à la vie. Ce
n'est point par sa propre force, fût-elle
portée par la multiplication des siècles et
le concours des plus fiers génies à sa
millième puissance, que l'homme peut
franchir la sphère du créé, pour planer
dans la sphère de l'attraction divine. Qu'ai-
je dit ? franchir et planer ? Il ne peut
même en rêver le désir. Dieu seul, par
grâce, a le pouvoir de livrer le secret de sa
gloire, le Verbe seul est à la fois le chemin,
la vérité, la vie ; c'est pour cela que le
Christ, Verbe de Dieu, est le roi de
l'humanité.

Roi par nature comme Verbe incréé,
le Christ est roi aussi comme Verbe in-
carné.

Ici, Messieurs, souffrez que je m'arrête
au pied de ce mystère et que je me pros-

terne en esprit devant la majesté du plan
divin. Laïque encore plus surpris d'avoir
sur mes lèvres ces choses trois fois saintes
que vous de les entendre de ma bouche,
je n'ai ni la grâce, ni la mission, ni le don
de parole pour vous en peindre l'infinie
grandeur.

O Verbe fait chair, raison première et
fin dernière de la naissance, de la marche,
de la consommation des choses, tête de
l'angle de la création, centre éblouissant
où viennent converger tous les rayons de
l'ordre de la nature et de la grâce, sommet
de l'univers où le corps et l'esprit viennent,
sans se perdre, se transfigurer dans la
divinité, face visible de l'invisible où se
manifestent pour le regard créé les perfec-
tions souveraines de l'être par essence, je
crois en vous de toutes les puissances de
ma foi, j'aspire à vous de tout l'essor
de mes désirs, je vous aime de toutes les
flammes de mon cœur. Mais, de même qu'à
ceux-là seuls dont les heureuses mains
sont consacrées, il appartient de vous élever sur l'autel et de vous montrer sous le
voile d'une blanche hostie aux peuples
agenouillés, de même, à la parole apostolique seule, il appartient de raconter à

vos fidèles, sous le voile du langage humain, votre surnaturelle et divine beauté.

Aussi, Messieurs, je me contenterai de dire simplement, hélas! et faiblement, ce que vos cœurs vous ont dit lorsque le sang du Christ y est entré, ce que votre foi a gravé sur ces murs devenus chrétiens comme vous, ce que crie plus haut encore, à tous les échos de France, le seul mot de Congrès Eucharistique, plus éloquent dans l'air du siècle que le retentissement de mille discours.

Gloire au Christ, tête de l'humanité, paix entre les hommes qui en sont les membres !

Le Christ est la tête de l'humanité, parce qu'il a pris la nature humaine pour l'élever en lui, dans l'union la plus intime, à la dignité d'une personne divine. En vertu de l'unité profonde de la race humaine, fait aussi indéniable qu'insondable mystère, unité que l'Église appelle communion des saints, que la révolution, ne créant rien, mais dérobant tout au maître, appelle solidarité, l'humanité est devenue le corps mystique du Christ; et comme les membres du corps obéissent à la tête, nous sommes les sujets du Christ.

Nous sommes les sujets du Christ avant d'être les sujets d'aucun pouvoir civil ; car le titre de membres d'un corps divin est bien au-dessus de tous les titres civiques des patries de la terre ; et quelle gloire pour l'humanité d'avoir un roi, souverain aussi de l'univers, portant la même essence qu'elle, joignant à cette essence la justice et la vérité substantielles, reines légitimes et absolues du monde, quand même le monde n'aurait jamais connu la hauteur de l'ordre surnaturel !

Le Christ est notre roi par droit de conquête, car en souffrant et mourant pour nous avec le mérite humain et divin tout ensemble, il nous a refaits enfants de Dieu. Le sang qui a coulé sur le Calvaire a renouvelé le sang de l'humanité. Il est roi par conquête, car il a triomphé pour nous du règne de l'esprit du mal. Il nous a faits libres, non seulement de toute adoration déshonorante, mais de tout esclavage césarien. En Lui et par Lui seul le mot de liberté a sa juste harmonie. La liberté de l'âme, c'est la vérité, — et le nom propre de la vérité, c'est Jésus-Christ.

Le Christ est notre roi par droit de conquête, parce qu'il a vaincu la mort et qu'en ressuscitant il a conquis, pour la nature humaine condamnée à mourir, les honneurs de la résurrection. En Lui et par Lui, il fait asseoir l'humanité à la droite du Père céleste, et convie tous les hommes devenus ses frères à prendre place avec Lui dans la gloire. Et l'on voudrait que ce Conquérant rédempteur de l'homme, son introducteur à de pareilles destinées, pour lesquelles aucune royauté humaine ne peut rien, ne fût pas le Roi suprême de toutes les puissances de la terre! Où est le chrétien osant prétendre que le chef mobile et faillible du pouvoir civil soit indépendant du Christ, c'est-à-dire rebelle, en sorte qu'il aurait le droit contradictoire et insensé de détourner les enfants de Dieu de leur fin dernière, qui est à la fois leur droit, leur devoir, leur honneur et leur immortelle béatitude? Qui oserait dire que l'État, société gouvernante instituée pour le bien de la communauté même, aurait le droit de proscrire, par le caprice du premier venu saisissant le pouvoir au passage, le bien suprême de chacun et de tous?

Non! mille fois non! Ou bien, il n'y a ni Christ, ni Dieu, ou bien le Christ, Dieu

et Sauveur des hommes, gouverne souve-
rainement le monde; — et, comme gou-
verner c'est, dans le sens le plus élevé du
mot, diriger des êtres libres vers leur fin;
comme aucune direction n'est légitime si
elle ne conduit directement ou indirecte-
ment au terme, comme les choses spirituelles sont distinctes des choses tempo-
relles et les dominent; si la fin prochaine
des pouvoirs humains est le bien-être tem-
porel des peuples, ils ont aussi et surtout
pour premier devoir, non point d'usurper
le domaine sacré, mais de le respecter,
d'obéir aux lois du Christ et de laisser au
ministère de l'Église la souveraine liberté.
Et le Vicaire infaillible du Christ a la
charge divine de veiller à ce règne du
Christ parmi les hommes, et les peuples
comme les rois baptisés sont rigoureuse-
ment tenus d'obéir à son enseignement
suprême comme à la parole même du
Christ.

Ainsi parle saint Thomas sur les hauteurs de la théologie, ainsi parle l'Église,
ainsi a pensé, jusqu'à l'heure où la révolution poussa le cri de la grande révolte,
l'humanité chrétienne, et le suffrage universel de tous les fidèles n'a cessé, et ne

cessera jamais d'adorer, implicitement ou explicitement, la royauté de Notre-Seigneur Jésus-Christ.

II

J'ai nommé l'humanité chrétienne.

Assurément, Messieurs, si le Christ est roi de l'univers ; si, d'une façon plus précise encore s'il se peut, il est le roi de l'humanité, où son règne sera-t-il plus direct, plus intime et plus fort que sur les peuples dont il marqua le front par le sceau du baptême ? Ils sont par excellence les élus du genre humain pour former sa garde royale, et faire mieux éclater, avec la fécondité de son règne, les splendeurs de son diadème éternel.

Sans doute, il est mort pour sauver tous les hommes ; il envoie les apôtres de son Evangile à toutes les plages de la terre ; il est l'inspirateur secret et l'infaillible espoir de toute âme perdue au milieu des hordes sauvages, qui a faim et soif de la vérité. Mais il a nourri plus libéralement la race de Japhet des fruits de l'arbre rédempteur ; les peuples de cette race, il les a, pour ainsi dire, créés une seconde fois. Après les avoir affranchis du règne immonde de la bête, les avoir purifiés des cultes infâmes ou sanglants qui insultaient jadis sous le ciel de l'Europe et insultent encore sous le ciel de l'Inde et de l'Afrique à la lumière du soleil, il a fait davantage. Sous l'action vitale de sa sève intarissable et incorruptible, je veux dire son sang divin, il a renouvelé en eux toutes les forces sociales, toutes les puissances de l'âme : croyance, culte, morale, conscience, famille, patrie, liberté, autorité, justice, dignité de l'homme, honneur de la femme, dévouement, courage, travail, vertu, science et génie. Sur la terre évangélisée, le Christ a tout porté à des hauteurs que le monde antique ne soupçonnait pas; et toutes ces grandeurs et ces lumières il les a couronnées par l'auréole de la vertu des vertus, dont le nom n'avait jamais frappé l'oreille de l'homme, ni le rayon n'avait touché son cœur : la charité, chef-d'œuvre de l'image de Dieu dans l'humanité transfigurée.

Puis, de ces peuples séparés par des frontières et des gouvernements divers, il avait fait comme une sorte de corps unique, appelé du beau nom de chrétienté, rempart visible de son royaume et foyer de son rayonnement sur la terre. C'est par le Christ que cette société glorieuse des peuples baptisés, en état de grâce avec Dieu, si j'osais parler ainsi, à travers leurs misères, a conquis sur le monde l'ascendant civilisateur. C'est par le Christ que leurs flottes et leurs armées couvrent presque seules les plus lointains rivages. C'est par le Christ que leurs incessantes découvertes dans les entrailles de la terre et les champs des soleils, créent les merveilles de l'industrie et dominent par leur prestige les peuples adorateurs de faux dieux; de telle sorte que la chrétienté, si elle était fidèle à faire valoir les dons qu'elle a reçus du vrai Dieu, porterait la lumière à toute barbarie. L'idée même de progrès, dont l'humanité moderne est si fière et que dans son ivresse elle retourne contre le christianisme, c'est un pur don du Christ; car, hors son orbite, toute société se corrompt et se putréfie, et, jusqu'aux peuplades les plus reculées, nul ne reçoit le souffle de progrès et de vie, qu'au contact du souffle ou du sang chrétien.

C'est le Christ seul qui allume dans

les veines de l'homme le feu sacré du
prosélytisme et de la marche vers l'idéal ;
seul il a fait retentir cette parole enflam-
mée qui contient en germe toutes les
ascensions et tous les progrès de l'âme
humaine : *Soyez parfaits comme votre
Père céleste. Soyez un comme nous.* Où
donc la révolution a-t-elle pris le nom
de frère qu'elle profane, si ce n'est dans
la parole divine mille et mille fois répétée
depuis dix-huit cents ans dans les chaires
chrétiennes ? Qu'on scrute les profondeurs
du langage humain et l'infinie variété
des œuvres de bien social : il n'est pas
une ardeur féçonde, pas une force vive,
pas un acte, pas un mot répondant à la
vérité qui ne soit sorti du cœur du Christ,
et quelle que soit l'heure de son apparition et l'intention qui l'ait fait naître, ne
soit une fleur ou un fruit de son règne
éternel.

Et pour cette transfiguration de l'humanité chrétienne dans une vitalité su-
périeure à celle de l'humanité antique,
quels furent les instruments de la victoire ?

Le Christ d'abord verse la foi au cœur
par le sang des martyrs, semence devenue
divine par l'union avec son sang divin. Il

donne à ses martyrs la vocation, le courage,
la parole, le don de miracle, le don plus
grand de changer les âmes ; puis comme,
gage de la gloire qu'ils reçoivent là-haut,
il prodigue à leurs restes miraculeuse-
ment préservés un culte et des honneurs
tels que les rois les plus célèbres de la
terre n'en recevront jamais d'aussi du-
rables et d'aussi grands.

Quand la terre prédestinée à devenir
chrétienne a été fertilisée ainsi par le sang
des martyrs, le Christ pénètre dans le
cœur des grands de la terre, il courbe
la tête des Sicambres et des Césars ro-
mains, il monte au faîte des sociétés
civiles pour conquérir et assurer la liberté
souveraine de la vérité. La vérité libre
pénètre par degrés toutes les couches
sociales. Alors, sur toute la surface du
catholicisme vainqueur, il s'établit, au
nom du Christ et sous l'autorité de son
vicaire, des communes spirituelles appe-
lées paroisses, et à chacune d'elles le
Christ donne son apôtre pasteur, il le
constitue le ministre des sacrements, c'est-
à-dire de signes qui transmettent, par la
vertu de son Verbe, la vie divine à tout
homme qui voit le jour sur cette terre

bénie, en sorte qu'il n'y ait pas un enfant déshérité, pas un mal de l'âme qui n'ait son remède, pas une de ses puissances qui ne soit surnaturalisée par l'esprit de Dieu.

Pour maintenir jusqu'à la fin des siècles ce ministère de rédemption, il suscite à tous les foyers des âmes d'élite et leur infuse l'esprit sacerdotal. Il crée au milieu du monde des solitudes, et il peuple ces solitudes de grandes âmes. Il fait éclore là des vierges séraphiques, ses immortelles épouses, là des docteurs de la science sacrée, là des héros de la vie divine, et les glorieuses postérités des moines couvrent le sol chrétien de bienfaits et de gloire, qui seront proscrits un jour, et ne se vengeront de la proscription que par un redoublement de prières, de services, de pardons pour les persécuteurs, de foi au règne du Crucifié, et reviendront après la tourmente plus forts, plus glorieux que jamais. Sur la terre chrétienne, incessamment vivifiée par le sacerdoce et la sainteté, conquise sur l'esprit du mal, il étend, comme emblème de sa royauté, un immense réseau de croix et de crucifix. La croix s'élève sur

les places publiques, elle plane du haut
des cathédrales sur les cités immenses,
plus haut que les palais des rois et des
assemblées ; elle protège de son ombre
le plus humble hameau ; elle est arborée
sur tous les sanctuaires, au seuil de toute
communauté, sur l'Hôtel-Dieu des pauvres
et des malades. La croix est debout dans
le sanctuaire de la Justice, comme au
milieu des champs ; la croix est dans
l'école comme au foyer et sur le cœur
des braves; la croix passe en triomphe
dans les grandes fêtes catholiques, dans
l'immense majorité des communes fran-
çaises. O Christ, en voyant ainsi, partout
et toujours, votre trône dressé dans l'azur
des cieux plus haut que toutes les demeu-
res de l'homme et survivant à toutes les
tempêtes, qui osera dire que vous n'êtes
pas roi ? Quel est le roi ou la république
qui puisse se vanter d'avoir conduit vos
funérailles ?

Mais la croix est encore un symbole, et
le crucifix n'est qu'une image. Le Christ
a conquis le monde chrétien et y règne
d'une manière bien autrement féconde et
glorieuse. Il a bâti par les mains de ses
fidèles des milliers d'autels, et là, tous

les jours depuis quinze siècles, sur les
cendres des martyrs, car rien ne manque
à l'harmonie du culte, il renouvelle des
millions de fois, à chaque heure, pour
ainsi dire, de la durée, le sacrifice libé-
rateur qui l'a fait roi de l'humanité.

Est-ce tout ? Non, Messieurs, le Christ
réellement présent et vivant dans les
innombrables sanctuaires bâtis et ornés
pour le recevoir, réside et règne en personne, faisant ses délices d'habiter avec
les siens. Il reçoit à toute heure tous les
actes d'adoration et d'amour, depuis le
plus héroïque jusqu'au plus faible, et
répand incessamment toutes les effusions
du don de Dieu ; mais il y a quelque chose
de plus que la présence réelle du taber-
nacle, et admirons, Messieurs, cette magnifique harmonie du monde naturel et
du monde surnaturel. De même que par
sa nature divine il est le support permanent de tout être, et la vie naturelle
cachée de toute créature ; ainsi, par la
très sainte Eucharistie, vrai pain vital,
il s'incorpore incessamment à l'humanité
et fait couler son sang dans ses veines.
Ainsi, à toute heure, il est l'unique con-
servateur de la vertu du monde, le puri-

ficateur de notre chair, la moelle divine dont vit la société des fidèles, Eglise du temps unie dans le Christ à l'Eglise de l'éternité.

La voilà écrite à toutes les pages de l'histoire, dans toutes les profondeurs de la conscience humaine, dans tout le rayonnement de la vertu chrétienne, la royauté de Jésus-Christ !

Où est-il le sceptre qui peut lui disputer l'empire ?

Qu'en conclure, Messieurs ? — En deux mots, le voici : Puisque le Christ est Dieu et Roi, nous avons le devoir sacré de travailler de toutes nos forces à l'avènement de son royaume et à édifier toutes choses sous la loi et par l'intime vertu de sa Divinité. *Instaurare omnia in Christo.*

Ah ! si nous comprenions ce devoir dans toute son étendue, qui a la gloire d'une vocation et la fécondité d'un apostolat !

Si le Christ était le roi de nos âmes, de nos foyers, de nos cités, de nos maisons, de nos lois, de la conscience publique, des institutions, de l'enseignement, des constitutions, des républiques, des empires et des royautés, quel admirable spectacle la chrétienté, régénérée et convertie par Jésus-Christ, donnerait à l'univers ! Comme la révolution serait vaincue ! Quelle ère de grandeur morale se lèverait au lendemain de cette suprême victoire de la croix !

Ah ! nous entendons retentir sans cesse et sur toutes les lèvres deux grands mots, profanés par la révolution, hélas ! et souvent mal compris par les conservateurs qui ont perdu le sens de la vérité dans le travail de dissolution sociale : je veux dire l'ordre et la paix !

L'ordre, mais ce n'est pas autre chose que le règne du Christ. Le Christ lui seul peut le faire, et voici l'admirable raison qu'en donne l'Ange de l'école, ce séraphin de la terre qui a plongé si avant dans le Verbe de Dieu, parce qu'il a aimé si ardemment le Christ ; si chacun de ses articles est un miracle de génie, c'est que chacun de ses regards vers l'Eucharistie était un miracle de surnaturelle tendresse.

La paix, tranquillité de l'ordre, selon la belle expression de saint Augustin, consiste en deux choses : l'harmonie avec soi-même au dedans, l'harmonie avec les autres au dehors.

Or, le Christ seul peut faire la paix dans

le cœur de l'homme, parce que seul il peut y mettre l'affection suprême qui domine et règle toutes les autres, en lui versant la souveraine félicité.

Le Christ seul peut faire la paix entre les hommes, parce que Dieu seul est le seul bien et le lien commun de l'humanité qui ait le droit de réunir tous les hommes dans le même amour, la même foi, la même fin dernière.

Vous le voyez, Messieurs, par quelque côté que l'on regarde le Christ, on se trouve en présence du Christ-Roi.

MESSIEURS,

En achevant d'esquisser à vos yeux quelques traits épars de la souveraineté de Jésus-Christ, une pensée me frappe comme un problème à résoudre.

Pourquoi ce principe si clair, si indéniable, si nécessaire, est-il le plus battu en brèche par tous les rangs de l'armée révolutionnaire ? D'où viennent, dans l'intelligence humaine, à notre époque de progrès scientifique, tant d'erreurs accumulées sur le soleil de la vérité ?

Voici un fait réel, qui peut devenir symbole et, à ce titre, donner le mot de l'énigme.

Dans un village entre Paris et Lille (je ne veux pas être indiscret), vivait un libre-penseur qui, conséquent avec lui-même, ne mettait pas les pieds à l'église, et fuyait toute image aussi bien que toute idée divine. Mais il n'est pas facile de se mettre à l'abri de la divinité. Un jour, la paroisse, qui croyait en Dieu, — il en est beaucoup, heureusement, sur la terre de France, — bâtit un calvaire à côté même de son enclos. Une croix dressée sur ce calvaire plongeait tellement dans la demeure de l'incrédule, qu'au moment où elle apparut, il proféra devant l'assistance consternée cet horrible blasphème :

« Je serai donc condamné à voir ce monstre de mes yeux !... »

Le lendemain, l'auteur de ces effroyables paroles éprouve aux yeux une sensation étrange, il y porte la main ; quand il la retire, les objets qui l'entouraient avaient disparu à ses regards, la nuit l'enveloppait : il était aveugle pour toujours.

Eh bien ! Messieurs, quand ceux qui se targuent du nom de libres-penseurs, nom

bien usurpé, car il n'est pas de penseurs
moins libres que ces renégats de l'Eglise,
inféodés sans preuves au système du premier venu, croyant à M. Comte pour ne
pas croire en Dieu ; quand ces révoltés,
ivres de l'orgueil d'une fausse raison, re-
gardent l'histoire du genre humain et de
leur patrie ; quand ils aperçoivent, se dres-
sant au bout de tous les chemins de la
pensée cette colossale figure de Jésus-
Christ, dominant — depuis les premiers
bégaiements de la langue de l'homme,
jusqu'au plein essor de la virilité du genre
humain — tous les siècles et toutes les
phases de la vie du monde, présente partout et toujours, en figure ou en réalité,
en souvenir ou en espérance ; lorsqu'ils la
voient intimement liée au détail de l'existence, comme aux plus larges évolutions
de l'humanité, plus aimée, plus haïe, plus
insultée, plus adorée qu'aucune figure
profane ou sacrée, aussi vivante sous la
persécution que sous la tutelle des pouvoirs civils, vivante par le blasphème de
Voltaire comme par les élans d'amour de
sainte Thérèse, remplissant le cœur et le
génie de milliers de saints et de héros,
planant sur la tête de Napoléon mourant

et renversant d'un coup de miséricorde, à l'heure suprême, l'homme sincère qui a passé la vie à côté de lui sans le reconnaître, — alors, comme le sacrilège du village, ils sont saisis d'un invincible effroi, et, au fond de leur âme, si ce n'est sur leurs lèvres, gronde un blasphème sans nom :

« Comment l'infâme !... Je le verrai toujours ! »

Les insensés ! Malheur à eux ! Non ! ils ne le verront plus ; un châtiment, mille fois plus terrible qu'un voile sur les yeux, est tombé sur leur front : ils sont frappés de cécité morale. Par haine du Christ, s'il existe, à tout hasard, ils blasphèment toujours, mais leur intelligence a perdu à jamais cette radieuse apparition. — Et comme le Christ est la lumière des esprits, la raison universelle par laquelle toute chose est intelligible et tout esprit intelligent, cette clarté perdue, ils s'agitent sans trêve et sans repos dans les ténèbres de leur pensée. On les voit s'égarer dans les systèmes les plus ridicules, les plus contradictoires, positivisme, nihilisme, métempsycose, que sais-je ?

Leurs sages parlent encore de morale,

et, sans désavouer le mépris, se défendent de l'agression contre le Christ; d'autres, jetant le masque, livrent le secret de leur matérialisme et l'insanité de leurs rêves. A leur aveuglement la haine survit seule, et lorsqu'ils veulent souffleter cette face divine dont le nom sans cesse répété les importune, ils frappent à tâtons et à côté. — Pendant qu'ils se débattent ainsi dans l'ombre, au pied de la croix, croyant la renverser de l'univers parce qu'ils ont traîné aux gémonies quelques morceaux de bois qui en portaient l'image, le Christ resplendit, en pleine lumière, dans la sérénité d'un triomphe immortel ; il appelle encore les blasphémateurs dans ses bras divins, tout prêt à leur rendre la clarté des cieux s'ils cessent une heure de le haïr, mais redoublant autour d'eux les ténèbres morales, parce que la haine satanique est entrée dans leur cœur, et que, d'enfants libres de Dieu, ils se sont faits les esclaves de la révolution.

Et ce sont ces hommes qui voudraient façonner à leur image les fils de notre grande, chère et chrétienne Patrie ! O Dieu, qui faites mourir sur le sable les flots de l'Océan, ne permettez pas que l'on voie

jamais sous le soleil une France sans Dieu !
O Christ, vous qui, bien avant le baptême
de Clovis, avez choisi, cette France pour
votre fille aînée, en lui donnant pour premier apôtre Lazare, que vous rendîtes à la
vie, Madeleine qui vous aimait, Marthe
qui vous servait, Zachée le publicain qui
montait sur les cimes des arbres pour voir
l'éclair de votre visage, nous vous accla-
mons Roi de France comme de l'Univers,
soyez à jamais notre Sauveur, notre amour,
notre Dieu, notre tout !

Et vous, Messieurs, réunis ici de tous
les points de la France, pour vous nourrir
tous ensemble, les poitrines pressées, au
même banquet sacré, du corps, du sang,
de l'âme, de la divinité de Notre-Seigneur
Jésus-Christ, enfants de la Frandre catholique, si riche de paroles, de cœur et d'action, vous qui avez convié un enfant du Midi
sur votre terre féconde pour mieux affir-
mer l'unité chrétienne et l'unité française,
souvenez-vous que cette grâce incomparable de la glorieuse Eucharistie frater-
nellement reçue vous impose des devoirs
à la hauteur du Dieu qui vous l'a faite.

« Où est le corps, là sont les aigles »,
dit l'Écriture.

Tout vrai chrétien doit être aigle, voler au plus haut des airs et regarder le soleil de la vérité sans jamais en détourner les yeux, car il est fait pour voir Dieu face à face.

Vivez comme l'aigle, Messieurs, au-dessus de la fange humaine ; respirez et planez dans l'atmosphère divine : c'est la seule voie pour glorifier le Christ et montrer aux hommes la gloire et le bienfait de sa royauté. Vive le Christ ! Qu'il règne, qu'il commande, qu'il triomphe à jamais dans le cœur des Francs comme au plus haut des cieux !

———

M. l'abbé Lémann a fait, au Congrès Eucharistique de Lille, un rapport sur les Droits de Jésus-Christ, qui peut être regardé comme la conclusion pratique de l'admirable discours de M. de Belcastel. Voici la fin de ce très remarquable rapport, que les membres du Congrès Eucharistique sont résolus à répandre partout.

J'ai dit, au début de cette lecture, qu'une pareille entreprise *du rétablisse-*

ment des droits de Notre-Seigneur Jésus-
Christ serait capable de ressusciter l'enthousiasme. Messieurs, avez-vous fait cette
remarque, que présentement il n'y a presque plus d'enthousiasme? L'enthousiasme
semble éteint. C'est un bien grand malheur
quand l'enthousiasme disparaît de la vie
d'un peuple : sa flamme est une si belle
et si bonne chose ! L'enthousiasme est le
secours, dans l'ordre naturel, de la poésie,
de l'éloquence, des arts, des grandes en-
treprises ; et, dans l'ordre surnaturel, il
aide à la sainteté et à l'héroïsme. Il est
surtout l'apanage de la jeunesse, parce
que la jeunesse, dans sa pureté et sa fraî-
cheur, est plus rapprochée de Dieu. Dieu,
qui est l'éternelle jeunesse, est la source
de l'enthousiasme; et j'affirme qu'une nation baptisée dans le Christ, qui n'aurait
jamais retiré sa main de celle de son royal
et divin Ami, aurait gardé son enthousiasme
dans une jeunesse perpétuelle ! (Applaudissements.)

Mais les nations sont guérissables, Messieurs, et nous avons, dans l'entreprise que
je vous propose, de quoi faire renaître
notre enthousiasme.

En effet, pour ce sublime élan, il faut

deux choses : d'abord *une idée,* principalement une idée *neuve;* et puis la chaleur de l'âme ou la passion.

Je dis que l'idée, principalement l'idée neuve, fait naître l'enthousiasme. Car l'être intelligent ne se lève qu'à cette condition d'être persuadé par une idée, surtout lorsque pour se lever il faut souvent quitter ses affaires, son repos, ses habitudes, je n'ose pas ajouter ou j'ajouterai bien bas : son égoïsme. Quand c'est une idée neuve qui sollicite, oh ! alors on est plus vite persuadé, entraîné, parce que le nouveau, qui est le miroir de l'infini, exerce un grand charme sur la nature humaine.

Et puis, ai-je ajouté, pour achever la composition de l'enthousiasme il faut, au service de l'idée, la chaleur de l'âme ou la passion. La passion est une très bonne chose, Messieurs, quand elle va s'inspirer en haut, qu'elle s'allume au foyer de la vérité et de l'infinie beauté. Le plus grand acte de Jésus-Christ s'appelle de ce nom, la *Passion,* non seulement parce qu'il a souffert, mais parce que c'est pour nous, pour notre amour qu'il a souffert: nous avons été l'objet de son divin enthousiasme ! (Applaudissements.)

Eh bien, Messieurs, au soir de la vie des nations, qu'il redevienne l'objet de l'enthousiasme universel! Dans l'entreprise que je vous propose, il y a tout ce qu'il faut pour ressusciter l'élan de la noble France et des nations chrétiennes; il y a *une idée :* le rétablissement des droits de Jésus-Christ; ce sera *nouveau,* surtout en face de cette maxime : la force prime le droit; et quant à la *chaleur de l'âme,* elle partira du Congrès de Lille ! (Applaudissements.)

Ecoutez, Messieurs.

Le profond penseur Balmès a dit « qu'il n'existe pas dans l'histoire un évènement aussi colossal que celui des croisades. » C'est vrai. D'innombrables nations se lèvent, passent les mers, marchent à travers les déserts, s'enfoncent dans des pays qu'elles ne connaissent pas, s'exposent à toutes les rigueurs des climats et des saisons. Et pourquoi ? Pour délivrer un tombeau !... Un tombeau vide !... Qui les a fait ainsi se lever, ces nations ? L'enthousiasme, inspiré par cette idée : les nations chrétiennes veulent posséder le tombeau de Celui qui aima et appela les nations ! (Applaudissements.)

Eh bien, Messieurs, permettez à un pauvre juif, qui aujourd'hui a le bonheur d'aimer Jésus-Christ (applaudissements), de vous dire ceci :

Le tombeau vide du Christ a eu le pouvoir, n'est-ce pas, d'électriser et d'enthousiasmer vos pères ? Il y a, à cette heure, non plus là-bas, de l'autre côté des mers, mais au sein même de l'Europe, il y a le tombeau des droits de Jésus-Christ ; sépulcre immense, non plus vide, mais plein du Dieu vivant, enterré avec ses droits. Or, ce tombeau réclame que tous vous vous leviez ! (Applaudissements.)

Les croisades ont fait l'unité et la fraternité de vos pères : que cette dernière croisade refasse votre unité et votre fraternité. (Applaudissements.)

Menacés par le Croissant, vos pères n'attendirent pas en Europe l'attaque des infidèles ; ils passèrent en Asie, paralysèrent le Croissant, et les siècles ont donné leur suffrage à l'habileté de cette tactique. Faites de même, Messieurs.

Autour du tombeau des droits de Jésus-Christ, il y a des infidèles, pire que cela, des apostats. N'attendez plus leurs attaques, car ils veulent vous mettre aussi au tombeau.

Armés de tout ce qui est chrétien et légitime, quittez la défensive pour prendre l'offensive. (Applaudissements.) C'est vous qui avez les trois plus beaux glaives :

Au cœur, le glaive de la souffrance;

Dans la bouche, le glaive de la parole, — les catholiques seuls ont la bonne parole !

Dans les mains, le glaive du droit, que rien n'a pu briser.

Marchez.

Le Dieu vivant est avec vous. (Applaudissements, bravos.)

EXTRAIT DU CATALOGUE

DES IMPRIMERIES-LIBRAIRIES

DE

L'ŒUVRE DE SAINT-PAUL

Paris, 51, rue de Lille. — Bar-le-Duc, 36, rue de la Banque. — Bordeaux, 30, place Pey-Berland. — Fribourg, Grand'Rue, 10.

Annales de l'Œuvre de Saint-Paul, APOSTOLAT PAR LA PRESSE, paraissant tous les mois par livraison de 32 pages avec couverture de couleur. *S'adresser pour les abonnements à* M. L. PHILIPONA, *administrateur-gérant de l'Imprimerie de Saint-Paul, à Bar-le-Duc (Meuse).* Pour la rédaction, à M. l'abbé Art. BONNOT, 51, rue de Lille, Paris.

Prix de l'abonnement : 2 fr. par an.

Annales du culte de Saint-Joseph *et de la sainte Famille,* organe officiel de l'Archiconfrérie de Saint-Joseph d'Angers ; honorées d'une bénédiction de Sa Sainteté Pie IX, et rédigées avec l'approbation des supérieurs, sous la direction du R. P. HUGUET, S. M., ancien directeur du PROPAGATEUR DE LA DÉVOTION A SAINT JOSEPH. Un an, 2 fr. 50.

CÆSARIS S. R. E. CARD. BARONII, OD. RAYNALDI ET JAC. LADERCHII

Annales ecclesiastici

DENUO ET ACCURATE EXCUSI

Magnifique édition, honorée de la sous-
cription et d'un Bref de S. S. Pie IX et
récemment d'un Bref de S. S. Léon XIII.
37 volumes in-folio. — Prix des 36 volumes
parus : 576 fr. — Expédition *franco* jusqu'à
la gare la plus rapprochée du destinataire.
Les deux derniers volumes sont sous presse.

Grandes facilités pour le paiement.

Les *Annales ecclésiastiques* de Baronius,
successivement complétées par Raynaldi et
Laderchi, sont un incomparable monument
d'érudition, érigé tout à la fois à la gloire
de la religion romaine et de la science pro-
prement dite. Ce colossal ouvrage forme
37 volumes in-folio. Il constitue donc, à lui
seul, une vaste et riche bibliothèque dont
la possession devient indispensable à tous
les hommes instruits. Or, cette grandiose
collection vient d'être réimprimée, à Bar-le-
Duc (Meuse), par l'*Œuvre de Saint-Paul*.

BREF DE SA SAINTETÉ LE PAPE PIE IX

« Cher fils, Salut et Bénédiction apostolique.

« Par les soins de cette divine Providence qui
dispose tout avec nombre, poids et mesure, il
semble que les Annales tracées par l'illustre
Baronius, père de l'histoire ecclésiastique, à
l'époque où les hérésies de Luther et de Calvin,

dans leur effervescence, empruntaient des secours à l'histoire en la faussant, soient de
nouveau remises en lumière, avec une conti-
nuation jusqu'à nos jours, au moment même où
ces hérésies, qui aboutissent en dernier lieu au
développement impur du *rationalisme* et du
nationalisme, répandues uniquement avec un
appareil de calomnies cent fois réfutées, dé-
ploient des efforts suprêmes, après avoir
déposé tout masque de pudeur et de religion.
Pour réfuter les mensonges des hérétiques, les
catholiques ont constamment recours à cet
excellent ouvrage, bien que peu accessible par la
rareté des exemplaires et son prix élevé. Aujourd'hui, ces difficultés n'existent plus. Grâce
à l'édition nouvelle et plus complète que vous
préparez, Nous Nous réjouissons de voir que
vous facilitez à la vérité l'usage de ses propres
armes. Si autrefois ces armes ont pu briser le
choc furieux et concerté des hérésies, Nous
pouvons espérer à bon droit que, aujourd'hui
que ces sectes sont sur leur déclin et en lutte
avec elles-mêmes, ces armes leur porteront le
dernier coup, surtout quand Nous voyons de
tous côtés ceux qui pensent autrement que
Nous, oubliant peu à peu les anciennes ran-
cunes et se dépouillant de leurs préventions
avec le temps, recourir avec ardeur aux monu-
ments et puiser aux sources pures une exacte
connaissance des faits. C'est pourquoi, jugeant
votre entreprise très utile à l'Église, Nous avons
reçu avec un vif sentiment de joie et de gratitude les premiers volumes de ces Annales; et
en même temps que Nous vous félicitons d'entreprendre avec courage un monument de cette

importance, Nous vous engageons à vous y
appliquer avec une ardeur toujours croissante
jusqu'à son heureux achèvement. Nous espérons
que Dieu favorisera vous et votre œuvre ; et en
attendant, comme gage de ce secours céleste,
et comme témoignage de Notre paternelle bienveillance, Nous sommes heureux de vous ac-
corder Notre Bénédiction apostolique.

Donné à Rome, le 8 avril de l'an 1865, de
Notre Pontificat le XIXme.

PIE IX, Pape.

Sa Sainteté le Pape Léon XIII a exprimé
des encouragements et des remerciements
à l'*Œuvre de Saint-Paul* dans le Bref suivant adressé à Mgr Hacquard, évêque de
Verdun, qui avait fait hommage au Saint-
Père de l'édition nouvelle au nom de
l'Œuvre.

A Notre Vénérable Frère
Augustin, Evéque de Verdun, à Verdun.

LÉON XIII, PAPE

Vénérable Frère, salut et bénédiction apostolique.

C'est avec joie que Nous avons reçu la nouvelle édition des *Annales* de César Baronius,
menée à bonne fin par les soins de l'Œuvre
de Saint-Paul, qui nous en a fait elle-même
hommage par votre entremise.

Ce don nous est vraiment agréable, aussi bien
à cause du nom de l'auteur et de son ouvrage,
tous deux illustres, qu'en raison du zèle et de
l'ardeur que vous avez manifestés en faveur

des hautes études, lorsque vous Nous avez présenté cet ouvrage.

Dans ces temps si tristes, alors que tant d'écrits impies sont répandus pour pervertir les esprits et perdre les âmes, Nous Nous réjouissons grandement de ce que des œuvres de si haute valeur soient mises au jour pour le progrès des fortes études, qui servent à la défense de la religion. Aussi bien, Nous applaudissons de grand cœur à ceux qui, ne reculant pas devant les sacrifices, vouent leurs soins à la publication de pareils travaux, et Nous voulons qu'il reçoivent, par votre entremise, Notre paternelle Bénédiction avec l'assurance de Notre protection et l'expression de Notre vive gratitude. Le témoignage que Nous avons reçu de leur filial dévouement mérite ces faveurs.

Nous saisissons encore avec bonheur cette ocasion pour vous redire et vous confirmer que Notre affection à votre égard est grande et sincère. Comme gage des grâces célestes, Nous accordons avec amour et dans le Seigneur, à vous, aux Directeurs et à tous les membres de l'Œuvre de Saint-Paul, la Bénédiction apostolique.

Donné à Rome, près Saint-Pierre, le 23 octobre 1880, de Notre Pontificat l'an troisième.

LÉON XIII, Pape.

Saint Paul, sa vie, ses missions, sa doctrine (avec portrait et carte), par M. Marcellin ARNAULD, avocat. Avec approbation de Leurs Éminences les cardinaux PIE, évêque de Poitiers; DONNET.

archevêque de Bordeaux; DESPREZ, archevêque de Toulouse; CAVEROT, archevêque de Lyon; de Mgr LE BRETON, évêque du Puy, et de Mgr CORTET, évêque de Troyes. Deuxième édition, 1 fort volume, beau papier, grand in-8° de plus de 500 pages avec portrait et carte, *franco* par la poste, 7 fr. 75; avec portrait sans carte, *franco* par la poste, 5 fr. 75.

Conférences de Saint-Joseph de Marseille. — La Foi, l'Église, le Saint-Siège, par le R. P. Fr.-Vincent de PASCAL, des Frères-Prêcheurs. 1 vol. in-8° de 450 pages. — Prix *franco* : 5 fr.

On lit dans les *Études catholiques*, à propos de l'ouvrage précité :

« Il a été question déjà, dans ce Recueil, des conférences faites à Marseille par le R. P. de Pascal, qui est aujourd'hui l'un de nos premiers orateurs de la chaire. Mais nous n'avons point analysé d'une manière assez méthodique les beaux discours de l'éminent prédicateur. C'est pourquoi nous revenons aujourd'hui sur les *Conférences de Saint-Joseph*, pour en faire connaître mieux le riche contenu et la haute philosophie.

« En 1877, le P. de Pascal a traité de *La Foi*, dans l'ordre suivant :

1° La Foi, sa nature ; 2° Les Motifs de crédibilité ; 3° La Règle de Foi ; 4° Harmonie de la Foi et de la Raison ; 5° Harmonie de la Foi et de la Raison (*suite*); 6° Les Devoirs imposés par la Foi.

« En 1878, il a traité de l'*Église*, dans l'ordre suivant :

1° L'Eglise : vue d'ensemble; 2° Les Préparations de l'Eglise ; 3° La Constitution de l'Eglise ; 4° La Vie de l'Eglise ; 5° l'Eglise et l'État; 6° Nécessité de l'Eglise.

« En 1879, il a traité de *La Papauté*, dans l'ordre suivant :

1° L'Autorité souveraine dans l'Eglise; 2° L'Autorité doctrinale dans l'Eglise; 3° L'Infaillibilité : sa nature, son existence, son objet; 4° Le sujet de l'Infaillibilité ; 3° l'Infaillibilité du Pape ; 5° L'Indépendance de la Papauté.

« En réimprimant toutes ces *Conférences* dans la nouvelle édition de 1880, le R. P. de Pascal y a joint différentes *Notes*, qui portent les points suivants :

1° Le Surnaturel, d'après Contenson ; 2° La Nature de la foi, d'après saint Thomas ; 3° L'Analyse de l'acte de Foi ; 4° Question de la Foi infuse ; 5° Manière dont se forme la Foi ; 6° Méthode à suivre avec les incrédules, d'après Hurter ; 7° Contradiction dans le protestantisme, d'après Hettinger ; 8° Subordination de la Raison à la Foi, d'après le cardinal Pie ; 9° L'Eglise comme Corps mystique de Jésus-Christ, d'après Turrecremata ; 10° Constitution de l'Eglise, d'après le chanoine Moulart.

« De quelle manière éloquente ces grands sujets sont traités par l'illustre dominicain, nous n'avons pas à le démontrer. La haute réputation de l'orateur est un fait acquis. Elle dit tout.

Mais que vaut le fond de toutes ces doctrines ? C'est ce que le grand cardinal Pie déclarait à l'auteur de la façon qui suit : « Mon très révérend Père, vous avez exposé avec une parfaite exactitude et une remarquable lucidité la doctrine si importante et aujourd'hui si mal connue de la foi catholique. Par là, en réjouissant et en affermissant les âmes déjà croyantes, vous avez frayé aux autres la voie où Jésus-Christ appelle tous les hommes et qui seule conduit au salut. C'est une bonne œuvre et je vous en félicite. Vous avez, en particulier, mis dans un jour resplendissant la vraie loi des rapports de l'Eglise et de l'Etat : question si mal comprise, et sur laquelle l'esprit de secte et de mensonge a, de nos temps, amassé tant de ténèbres. Vos doctes pages sont pour les dissiper, et nous souhaitons que tout le monde vous lise, prêtres et simples fidèles. Vous avez dit la vérité ; et où nous en sommes venus, c'est presque un acte de courage. »

« Cette voix du grand docteur de Poitiers, pleine d'autorité et qui nous parle aujourd'hui du fond de la tombe, rend au P. de Pascal un témoignage incomparable. Elle le loue sans aucune restriction, l'exalte même, et tendrait presque à le porter aux nues. Cette haute approbation est digne de remarque. Certains censeurs de nos jours tiennent un peu les Dominicains en suspicion de libéralisme. Il est temps que cette erreur tombe et disparaisse. Le P. Monsabré à Paris, le P. de Pascal à Marseille, et d'autres éloquents dominicains en d'autres lieux de France doivent servir aujourd'hui de rempart à leur Ordre fidèle, contre toutes ces attaques des esprits myopes ou des cœurs enficelés. »

Doctoris Angelici divi Thomæ Aquinatis sermones et opuscula concionatoria.

Parochis universis et sacris prædicatoribus dicata et edita a J.-B. RAULX, canonico, Vallis-Colorum parocho et decano. Ouvrage honoré d'un Bref de Sa Sainteté Léon XIII. 4 vol. in-12. — Prix : 12 fr. — 2 vol. in-8, même prix.

Le moyen de faire profiter au plus tôt le peuple chrétien des enseignements lumineux de ce grand Docteur, dont l'étude vient d'être recommandée avec tant d'autorité par le Souverain-Pontife, c'est de placer entre les mains des prêtres voués au saint ministère les instructions que saint Thomas a adressées lui-même aux simples fidèles et qui renferment comme la quintessence de sa doctrine.

C'est ce que vient d'entreprendre un ecclésiastique déjà connu dans la presse pour ses travaux importants sur Bossuet et sur saint Augustin, et que ses fonctions actuelles de pasteur mettent à même de mieux apprécier les incomparables services que peuvent rendre aux pasteurs et aux prédicateurs les œuvres oratoires de l'Ange de l'Ecole.

L'éditeur n'a rien négligé pour rendre faciles la lecture et l'intelligence de ces chefs-d'œuvre; et pour mettre ce travail à la portée d'un plus grand nombre, il l'offre au public d'abord dans le format in-12, format éminemment portatif, puis dans le format in-8. L'in-12 ne comprendra que 4 volumes, et l'in-8 que deux.

On nous avait parlé de traduction. Le texte de ces opuscules, une fois épuré, est si clair, si limpide, si étranger aux termes métaphysiques qui rendent difficile pour plusieurs la lecture des ouvrages philosophiques et théologiques de saint Thomas, qu'une traduction serait sans utilité et sans attrait. Jamais, du reste, elle n'aurait l'autorité du texte si simple et si beau de saint Thomas, lequel paraît avoir contribué puissamment à donner à notre langue française sa clarté philosophique.

C'est ce texte que l'on s'attache à donner dans sa pureté, en y attachant seulement, comme nous l'avons dit, mais en caractères différents, les titres, les analyses, divisions qui guident le lecteur dans d'autres écrits de saint Thomas, et qui manquaient à ceux-ci.

A Notre Cher Fils,
J.-B. Raulx, chanoine, curé de Vaucouleurs,
à Vaucouleurs, diocèse de Verdun.

LÉON XIII, PAPE

Cher Fils, Salut et bénédiction Apostolique.

Nous avons appris avec joie que vous avez été porté, par une excellente idée, à extraire des œuvres du Docteur Angélique, saint Thomas d'Aquin, les sermons et les opuscules qu'il a a composés pour le ministère sacré de la prédication ; car son insigne sagesse fournit très abondamment les moyens, non seulement de pénétrer les esprits de la saine doctrine, mais encore de former à la piété les cœurs et la conduite. Aussi en sommes-Nous pleinemen convaincu, les soins que vous avez consacrés à éditer ces discours, secenderont puissamment le zèle et le travail de ceux qui répandent au milieu des fidèles la parole de vie et la semence des vérités divines.

C'est pourquoi, cher Fils, nous avons reçu avec plaisir votre lettre et les volumes que vous Nous avez fait offrir le mois dernier. De plus, appuyant de Notre recommandation votre excellent dessein, Nous désirons avec ardeur qu'inspirée par un zèle tout sacerdotal, votre entreprise produise, pour l'accroissement de piété et le salut de la société humaine, les fruits que l'on doit désirer.

En demandant à Dieu qu'il donne à vos travaux cette salutaire récompense et qu'il vous favorise constamment du secours de ses grâces, Nous vous accordons avec amour, comme gage de Notre paternelle bienveillance, à vous et à ceux pour qui vous Nous l'avez demandée, la Bénédiction Apostolique.

Donné à Rome, à Saint-Pierre, le vingtième jour d'octobre de l'an 1880, de Notre Pontificat le troisième.

LÉON XIII, PAPE

Étude sur le Concordat d'après les documents officiels, par M. l'abbé Joly, docteur en droit canon, in-8° raisin, de 220 p. — Prix *franco* 3 fr. 50.

La Presse et l'Œuvre de Saint-Paul, par M. l'abbé A. BONNOT, quatrième édition; brochure in-8°, de 84 pages, prix : 1 fr.

Faits merveilleux relatifs au Souverain-Pontife Pie IX. — Prix *franco* : 0,75.

Sous ce titre, M. Ferdinando de Martino vient de traduire et de publier pour les catholiques français vingt-huit récits de faits merveilleux obtenus par l'intercession de Pie IX. Ces récits sont extraits du journal *Le Cœur de Marie*, de Turin, et forment une collection réellement intéressante.

Les innombrables admirateurs et amis de la sainte mémoire de Pie IX y trouveront de nouveaux motifs d'espérer qu'avant longtemps, s'il plaît à Dieu et à son Vicaire ici-bas, le monde catholique aura la joie de voir glorifié sur les autels celui que ses grandes vertus et tant d'épreuves magnanimement supportées ont placé si haut dans la tendresse et la vénération de la chrétienté. L'auteur a eu l'excellente idée, et nous l'en félicitons, de publier à la fin de son petit volume la grave et éloquente supplique des évêques de la Vénétie à Sa Sainteté Léon XIII pour la canonisation du Souverain-Pontife Pie IX.

Fondements du culte de Marie, par M. l'abbé GÉRARDIN, missionnaire apostolique. Un joli volume in-18. — 2ᵉ édition : *franco* : 2 fr. 25. Ouvrage revêtu des approbations de Son Eminence le Cardinal-archevêque de Besançon et de NN. SS. les évêques de Verdun, Orléans, Bayeux, Vannes, Genève.

Le Notre-Père au XIXᵉ siècle, par M. l'abbé CUROT, directeur de Miramont, auteur du *Manuel des Pères et Mères de famille*. Deuxième édition. 1 vol, in-12 de 300 pages. Prix : *franco* 3 fr.

Lourdes et la Science, par l'abbé DAURELLE. Prix de l'ex. : 15 c. ; *franco,* 20 c. ; le cent, 10 fr. ; *franco:* 13 fr.

Ce petit opuscule est un défi solennel jeté à la libre-pensée. Il est précédé d'une lettre que Son Em. le cardinal NINA vient d'envoyer à l'auteur pour le remercier et « souhaiter bon succès à ce petit livre, si clair et si logique. » La traduction italienne a eu un immense succès.

Le Sacré-Cœur de Jésus. *Exposé théorique et pratique de la dévotion au Sacré-Cœur,* par le R. P. JEAN-MARIE, franciscain, docteur en Théologie. Un vol. in-18, 400 pages, *franco,* 2 fr., 1 fr. 50 à nos abonnés. Ce livre devrait être le *vade mecum* de tous les dévots du Sacré-Cœur pendant le mois de Juin.

Petit Office de la Sainte Vierge avec **Office des Morts**, texte latin, accentué, gros caractère elzévir, précédés d'avis spirituels pour bien réciter l'office, de rubriques générales et spéciales, d'une étude abrégée sur la manière de lire le latin, et suivis de deux méthodes d'oraison, par le R. P. SIMON, franciscain. Un volume in-18 cavalier. Prix, reliure demi-basane *franco* : 1 fr. 80 ; chagrin, tranche rouge, bleue ou dorée *franco* : 3 fr. 50.

Le même **Petit Office de la Sainte Vierge et Office des Morts**, petit caractère elzévir, format de poche. Prix, reliure demi-basane *franco* : 1 fr. 50 ; chagrin, tranche dorée, rouge ou bleue *franco* : 3 fr.

Oraison funèbre de Mgr de Ségur, par Mgr MERMILLOD. Prix : 1 fr. ; *franco*, 1 fr. 20.

Recherches et découvertes d'un libre-pénseur, par M. l'abbé BONNOT. Un vol. in-18 jésus. — Prix : *franco* 2 fr. 50.

Le mal de notre époque, c'est l'ignorance de la vérité. Ce livre expose les vérités sur lesquelles se base la religion chrétienne. Sans cacher les difficultés, il les résout dans une série de discussions du plus vif intérêt entre un croyant et un incroyant. La lecture de cet ouvrage est de nature à démontrer, aux esprits les plus prévenus : — la possibilité de la révélation divine — sa nécessité — et la divinité des trois révélations faites aux hommes. C'est un vrai traité, solide et substantiel, dont la forme agréable et la clarté facilitent la lecture aux personnes qui goûtent peu les dissertations abstraites. Le dialogue est vif, serré, plein d'arguments invincibles. — Ceux qui veulent approfondir leur religion sans contention d'esprit, ceux qui ont des doutes sur la foi, comme aussi ceux qui désirent la communiquer aux âmes qui leur sont chères, trouveront en ce livre toutes les lumières nécessaires.

ŒUVRE

DE

L'APOSTOLAT DU SACRÉ-CŒUR

Notre-Seigneur, parlant de la dévotion dont son divin Cœur est l'objet, a dit ces paroles mémorables : « *Les personnes qui propageront cette dévotion auront leur nom inscrit dans mon Cœur, et il n'en sortira jamais.* » C'est pour obéir à cette douce invitation et pour en répandre autant que possible les fruits inappréciables, que l'**Apostolat du Sacré-Cœur** a été conçu. Si les grandes œuvres du zèle ne sont pas à la portée de tous les dévouements, tous les fidèles cependant peuvent contribuer à faire connaître les richesses de l'amour du Fils de Dieu. Une image, qui parle constamment aux yeux, vaut souvent d'éloquentes exhortations ; et qui ne peut user d'un tel moyen de persuasion autour de soi ? Qui ne peut introduire dans quelques familles l'image du Sacré-Cœur et assurer de la sorte à bien des âmes délaissées une part à cette promesse du divin Maître : « *Je bénirai les maisons où l'image de mon Sacré-Cœur sera exposée et vénérée* » ?

Le R. P. Marin, de la Compagnie de Jésus, a voulu rendre cette œuvre plus facile encore, en éditant, pour cet objet spécial, un beau modèle du Sacré-Cœur de Jésus. Et, parce que là voie la plus courte pour arriver au Fils est de passer par le Cœur de la Mère, il y a joint, comme pendant, un saint Cœur de Marie du meilleur goût.

Les personnes zélées pour la gloire du Sacré-Cœur de Jésus et du Saint Cœur de Marie sont donc invitées à répandre partout ces images; et, persuadées que le monde envahi par l'esprit d'erreur et d'impiété ne saurait être sauvé que par le Sacré-Cœur, elles ne se contenteront pas de déplorer d'une manière stérile le triomphe presque universel des ennemis de Dieu et de son Eglise; mais, dociles à l'appel de Notre-Seigneur, elles voudront se ranger sous sa bannière, et contribuer à sauver les âmes en devenant les **Apôtres du Sacré-Cœur.**

www.ingramcontent.com/pod-product-compliance
Lightning Source LLC
Chambersburg PA
CBHW060812180626
46818CB00002B/792